LA
MACHABEE
TRAGEDIE, DV

MARTYRE DES SEPT
freres, & de Solomone
leur mere.

Par Iean de Virey, sieur du Grauier.

A ROVEN,

Chez Raphaël du Petit Val, Libraire &
Imprimeur du Roy, deuant la grand'
porte du Palais.

1 6 0 3.

Auec Priuilege de sa Maiesté.

A HAVTE ET ILLV-

stre Dame, Madame la Ma-
reschale de Matignon.

ADAME, ayant receu cet
honneur, que d'auoir l'es-
pace de plus de 25. ans fait
seruice à Monseigneur le
Mareschal, tant au cõmandement que
i'ay eu sous le bon plaisir du Roy &
de luy, en la ville & chasteau de Ché-
rebourg, qu'autres endroits où il a
trouué bon faire preuue de ma dili-
gence & fidelité, ie ne puis moins que
de luy voüer, à vous & à vostre illustre
maison, tout ce qui se peut desirer du
deuoir & de moy & de mes enfans,
comme à celuy duquel ie tiens (apres
Dieu) le meilleur de mon tout. Durant
lequel temps les armes n'estâs si auan-
cees, comme le malheur nous les a depuis fait pratiquer, interposant quel-

quefois relasche aux plus serieux trauaux que ie prenois en la garde du
lieu, ie prenois aussi plaisir à la lecture
des bonnes & saintes lettres, exercice
premier de ma ieunesse, lors que ie
stois estudiant aux vniuersitez fameu-
ses de ce Royaume. Et lors tombant
en main l'histoire tragique des Ma-
chabees : Il me sembla bon la reduire
en vers François, afin de mieux faire
gouster au lecteur l'energie d'icelle, &
quand & quand exciter son cœur a
preferer les commandemens de Dieu,
& saintes traditions de nos peres ser-
uantes à l'integrité de la religion, à
toute espece de malheur. Cetuy mon
labeur estoit demeuré comme ense-
uely iusques aux iours calamiteux de
nos dernieres guerres ciuiles, qu'il
m'est resouuenu voir ce qu'au parauât
i'en auois proiecté. Puis entre tous les
plus signalez discours de matiere si re-
commandable, i'ay extrait d'vn mien
plus grand œuure, Le martyre des sept
freres & de Solomone leur mere, illustre Princesse de Iudee, lequel m'a
semblé merueilleusemét admirable &

digne d'estre veu, quoy qu'il soit de
Muse plus guerriere que studieuse. Or
comme cette heureuse mere estoit ac-
complie de vertu reluisante en sainte
vie & de courage plus que viril, outre
les considerations precedentes du seruice que ie vous dois, il m'a semblé ne
pouuoir dedier ce mien petit œuure à
Dame qui en fust plus digne que vous
en conformité de vie, zele de religion
& sagesse, assistee de prudence & de
patience, rapportant en conference
l'heureuse mort des sept freres & patience de mere, aux pertes faites de
Messeigneurs vos enfans, & de nouueau en la mort de Monseigneur le
Conte de Thorigny, laquelle nostre
France & les plus signalez que ie diray
de la Chrestienté deplorent auecques
vous, & regrettét auecques moy, comme celuy duquel l'esperance conceuë
de long temps estoit à satisfaite, ayant
fait preuue d'vne heroïque vertu,
pour s'estre employé aux affaires de la
Couróne, & encores enrichi de l'honneur qu'il reçeut en la iournee d'Yury
qu'il pleust au Roy se ioindre & ren-

dre fous fa cornette en la defroute de
fon armee, qui depuis victorieux em-
porta le champ. Doncques prenant
par moy refolution fur l'affeurance de
voftre naïue bonté iointe à la particu-
liere obligation de mon deuoir, i'ay
pris hardieffe le vous prefenter auec
efpoir que le receurez d'auffi bô cœur,
comme ie la vous donne, pour eftre de
mefme ioinct à mon feruice. En cet
endroit ie prieray le Createur (MA-
DAME) vous tenir en fa grace, & moy
en la voftre. De Vallongnes ce 25. de
Mars, 1596.

Voftre tref-humble & tref-obeif-
fant feruiteur Iean de Virey,
fieur du Grauier.

PERSONNAGES.

Solomone, mere des sept freres.
Machabee, le premier.
Aber, le second.
Machir, le troisiéme.
Iudas, le quatriéme.
Achar, le cinquiéme.
Areth, le sixiéme.
Iacob, le septiéme.
Antiochus, le Roy.
Sosander, Preuost d'Antiochus.
Le premier soldat.
Le second soldat.
Le troisiéme soldat.
Le quatriéme soldat.
Appelle, gouuerneur de l'armee.
Bacchide, Capitaine.
Le gouuerneur du Leopard.
Furie infernalle.

A iiij

A NOBLE HOMME
IEAN DE VIREY,
sieur du Grauier.

Pierre André. Receueur pour le
Roy à Vallongnes.

SONNET.

Cette eau roulle-grauier, qui Longnes & son val,
Arrouse doucement d'vne source fœconde
Rend tari le ruisseau de la cabaline onde.
Le Helicon, desert, Parnasse sans cheual.
Pans, Nimphes, Ægypans, voyagent à l'aual,
Et versant deitez sur Loire & la Gironde
D'Asie viennent voir cy bas l'acul du monde,
Qui serre estroit du ciel l'azur & le cristal.
Se baignent au grauier, remplent de poesie
De Virey genereux: & dedans l'eau choisie,
Merdruel pont le nom du grauelin sacré:
Merdruel fleuue beau repos des neuf pucelles
Qui coulant fait sçauoir des Iuifs à Dieu fideles,
Le glorieux combat à l'honneur consacré.

Idem Andræas.
Eidem Viræo.

HEXASTICON.

Bis quater ecce tibi Viræo Laurea surgit,
Laurea martyribus quâ sua Musa canit:
Credidit Antiochus, mores & fortia corda
Isacidæ gentis, vincere posse manu.
Nõ valet Antiochus: sit virtus vulnere maior
Stat. Deus à dextris, nec valet Antiochus.

Sonnet au sieur du Grauier, sur sa Machabee.

Diuin esprit, qui d'vne sainte voix
   V as animant nos prophanes theatres,
   Qui des neuf sœurs les ames idolatres
   V as étonnant de tes nombreuses loix:

Si des neuf sœurs les impudiques doigts
   Ne sont apris qu'à des chansons folastres,
   Si d'Apolon les fureurs plus noirastres
   Seruent Venus, forcenant les François.

Qui t'a souflé cette haleine diuine,
   Qui saintement te bat en la poitrine
   Charmant nos sens de ses sacrez discours?

Ce n'est point l'eau des amorces humaines
   Qui t'a raui: mais vn Ange en tes veines
   Coule le feu des plus diuins amours.

A. V.

Extrait du Priuilege.

PAR lettres patentes du Roy données à Rouen le 4 de Feurier, 1597. Signées par le Roy estant en son Conseil, Mauguin. Et seellées du grand seau en cire iaune sur simple queüe. Il est permis à Raphaël du Petit Val, nostre Libraire & Imprimeur de nostredite ville de Rouen, d'imprimer quelques discours & Recueils, tât en Prose qu'en Poesie, de plusieurs sçauans hommes de ce temps, non encores imprimez, ainsi qu'il est plus amplement cónteau audit Priuilege. Et faisons defences à tous autres Libraires & Imprimeurs de ce Royaume, d'imprimer lesdites œuures, n'y exposer en vente, tânt en public qu'en particulier, contre la teneur des presentes, pendant le temps & terme de dix ans, sur peine de cinquante escus d'amende, déspens, dommages & interests, comme plus à plein est porté esdites patentes : Et outre voulons & nous plaist qu'en mettant vn extrait dudit priuilege, au commencement ou à la fin desdites œuures, il soit tenu pour deüement notifié à tous Libraires, Imprimeurs, & autres. Car tel est nostre plaisir. Fait l'an & Jour dessusdit.

LA
MACHABEE
TRAGEDIE DV MAR-
TYRE DES SEPT
freres, & de Solomone
leur mere.

Par Iean de Virey, sieur du Grauier.

SOLOMONE.

Bien aimez enfans que la sage
  nature
M'a donnez iusqu'icy pour douce
  nourriture,
Enfans aussi bien nez, aussi beaux
  & parfaits
Que le ciel cristallin en produisit iamais.
Las! seroit-il bien vray que ce songe éfroyable,
Peust produire l'éfet d'vn grief si lamentable?
O femme qui te poingt & te bourrelle ainsi,
Ton dolent estomac sans espoir de merci?
Qui est cet ennemy qui si pres te regarde,
Tu n'aperçois encor que cette vmbre fuyarde,
Vn soin meurtrier te tient en vn mortel lien,

Tu es tousiours en peur, & si tu ne vois rien,
Ah! puis que si souuent ce réueur me menace
Ie ne peux esperer qu'vne bréue disgrace,
Vn grand malheur me suit: car iamais tant soit peu
Mon cœur n'auoit esté penetré d'vn tel feu.

Machabee.

O mere nourrissante! ô mere debonnaire!
D'où procede ce mal qui vous est ordinaire?
D'où procedent ces cris, d'où procedent ces pleurs
Et la peur de tomber en si tristes malheurs?
Helas! declarez nous cette angoisse soudaine:
Afin que nous portions la moitié de la peine,
En nous celant ainsi cet ennuy soucieux,
Vous nous rédez tous sept, par sept fois malheureux.

Aber.

Helas! mere feconde, helas! mere benigne,
Nous peut-il arriuer plus subite ruine,
Plus sinistre malheur, plus de mal & tourment
Que de vous voir ainsi pleurer incessamment?
Declarez votre ennuy, mere, ie vous suplie,
L'apostume creuce est à demy guarie,
Il n'est point de poison plus mortelle auiourdhuy,
Que de ne vouloir point découurir son ennuy.

Machir.

Si ce Roy Caldeen, ce Roy Babylonique
Est celuy qui vous rend ainsi melancolique,
Si de Hierusalem venerable cité
Pour auoir l'Eternel tant de fois irrité,
Et de nos chers voisins vous pleurez la ruine,
Consolons-nous, Madame, en la bonté diuine
Qui nous peut visiter de son luisant Soleil,
Et chasser ce nuage en vn petit clin d'œil.

Iudas.

Ie ne fay point de doute, ô mere pitoyable!

Du bon Eleazar pere tref-venerable
Que les peines, les coups, le bourrelé tourment,
A la mort ne vous ait faschee amerement:
Mais il est bienheureux puis qu'il est mort paisible
Trespassé en la foy du Seigneur inuincible.

Solomone.

Vrayment le souuenir d'vn tant soudain malheur
Mon enfant me fait bien redoubler ma douleur,
Toutesfois il y a encor vne autre chose.

Machabee.

Helas! dites le nous.

Solomone.

Mes chers enfans, ie n'ose:
Car ie crains de vous rendre enuers moy mal contés,
Et n'en raporter pas le fruit que ie pretens.

Achar.

Comment en doutez-vous? ô mere naturelle!
N'y a-il que cela qui vostre esprit bourelle?
Auez-vous apperceu quelque chose de nous
Helas! qui vous ait peu esmouuoir à courroux?
Plustost, plustost la terre humide & spacieuse
M'engloutisse tout vif dans sa fente beüeuse,
Que nostre chere mere & qui nous ayme tant
Reçoyue desplaisir iamais de son enfant.

Solomone.

Vous me côtraignez tous par vos larmes coulâtes
Chetiue de conter mes passions cuisantes,
Vous me contraignez tous de ne vous celer plus,
Ce songe imaginaire & discours si confus,
Que i'ay en mon esprit & declarer de bouche
La chose librement qui de plus pres nous touche,
O mortelle douleur, helas! helas! comment
Pourray-ie à mon discours donner commencement?
Il faut franchir le pas, i'ay promis de le dire,

Sachez donc mes enfans qu'vn trop sanglāt martyre
M'espouuante tousiours si tost que le sommeil,
Simulachre de mort a fait fermer mon œil:
Mais quel martyre helas! ô douleur trop mortelle
C'est de mes chers enfans, par vne mort cruelle,
Pensant prendre repos suruiennent les bourreaux,
Qui vous font receuoir vn milion de maux:
Si ceste cruauté tant brutalle & horrible
Aduenoit par effet, seroit-il bien possible,
Que vous puissiez porter vn si cruel tourment?
C'est le poinct qui me met en si grand pensement.

Machabee.

Madame, & pensez-vous que le sang Isaccide,
D'où nous sommes extraits soit si lasche & timide
Que pour crainte de maux & de peril mortel
Nous voulions quitter le venerable autel?
Ie parle le premier comme aisné de mes freres,
Et sçay bien que leurs cœurs & vertus singulieres
Ne pourront consentir iamais non plus que moy,
Pour crainte d'vn tyran a prendre vne autre loy.

Aber.

Quand ie deurois seruir aux bourreaux de curee,
Et que ma chair seroit par leurs mains déchiree,
Quand ie serois brulé tout vif à petit feu,
L'on ne pourra ma foy esbranler tant soit peu,
Ny le tyran n'aura iamais sur moy victoire.

Machir.

Aux vaillans est l'honneur & aux hardis la gloire,
Mes freres bien aimez, iamais le verd Laurier,
Ne se donne qu'au bon & genereux guerrier;
Et ceste gloire icy mourant pour la querelle
De Dieu n'est pour vn an : mais elle est eternelle.

Iudas.

Madame, & pensez-vous que pour crainte de mort,

Pour crainte de tourmens & violent effort
Du superbe tyran & de ses satelites,
Nous ne voulions plus estre enfans Abrahamites?
Plustost nous desirons passer par le milieu
Des flammes, que quitter la sainte loy de Dieu;
L'inexorable mort est aux humains commune,
Et faut que vos enfans courent mesme fortune,
Mais que iamais ils soyent traistres ny apostats
Mere, nous vous prions de ne le croire pas.

Achar.

Si l'Eternel seigneur qui iamais ne se lasse
De biē faire aux humains nous maintiēt en sa grace,
Nous nous tiendrons heureux & mes freres & moy,
De mourir constamment pour nostre sainte foy.

Areth.

Auez vous pas esté tousiours la nourriciere
De vos tendres enfans, quelle femme estrangere,
Pensez vous qui nous ait nourris & aillectez
Pour estre de ses mœurs barbares infectez?
N'auons nous pas tous sept, ô mere naturelle,
Tiré le laict neigeux de ta blanche mammelle?
Ayans esté nourris d'vne mesme chaleur,
Deuons nous pas gouster d'vne mesme douleur?
Vostre sang est le nostre & de vostre chair tendre,
La nostre mesmement l'Eternel a fait prendre,
Aussi deuons tous sept & d'vne volonté
Mourir en soustenant la pure verité.

Solomone.

De mon petit Iacob l'inexperte ieunesse
Ne pourroit soustenir vne telle rudesse,
Iamais son tendre corps ne pourroit suporter
Le bourrelé tourment qu'il luy faudroit porter.

Iacob.

O mere pitoyable! ô mere autant fœconde
Qu'il s'en pourroit trouuer auiourd'huy par le mõde,
Mere douce & benigne, & laquelle touſiour
Comme à ſon cher mignon m'a donné ſon amour,
Si de tous vos enfans, ie ſuis plus ieune d'aage,
Ie n'ay moins de vouloir, ie n'ay moindre courage
Pour le ſeul nom de Dieu de ſuſtenir la mort,
Que le plus vertueux de tous & le plus fort:
N'ayez ſoucy de moy voſtre doctrine ſainte
Sera tant que viuray dedans mon cœur emprainte,
Ie n'oublieray iamais pour crainte de tourmens
Iuſqu'au dernier ſoupir vos bons enſeignemens.

Solomone.

O combien en mon cœur ie vous priſe & honore!
O race de Dauid qui nous produit encore
En ce temps nuageux de ſi parfaits rameaux,
O genereux enfans! ô celeſtes flambeaux!
I a mort deſquels pourra toute la Paleſtine
Empeſcher de tomber en extréme ruine:
Seigneur, ie te ſuply que le ſang de nous tous
Au moins vueille apaiſer quelque peu ton courroux,
Que le ſang des enfans & de leur triſte mere
Puiſſe aſſouuir le cœur du tyran aduerſaire:
Ce que ie vous ay dit mes enfans n'eſt point faux,
Car de bref nous ſerons menez par les bourreaux
Au Roy Anthiocus, ce n'eſtoit point menſonge,
De vous mettre en auant cet effroyable ſonge.
De noſtre priſe: helas! i'ay receu meſmement
Par l'vn de mes amis bon aduertiſſement,
Le preuoſt eſt parti pour nous venir tous prendre,
Mais ce ſeroit abus de nous penſer deffendre.

Et de nous enfuir: helas! de toutes pars,
Sont logez par les champs gendarmes & soldars,
Par ainsi mes enfans ie vous prie & exhorte
S'il vient, que promptement on luy ouure la porte,
Puis que c'est le vouloir du Monarque diuin:
Mais premier que de voir vne si triste fin,
Permettez mes enfans gracieux que ie baise
Pour la derniere fois vos bouches à mon aise.

Le premier soldat.

Il n'y en a pas vn de nous tous qui ait soin
De mener son cheual, Preuost allons nous loin?

Sosander.

Voyez vous ce chasteau le long de ceste pleine?
C'est le lieu compagnons où c'est que ie vous meine,
Il faut saisir la porte & entrer promptement
Auant que nous soyons descouuers nullement,
Toutesfois si par force ils se faisoyent conquerre
Ie leur ferois razer leur chasteau contre terre.

Le deuxiéme soldat.

Feroyent ils bien cela? vrayment ie ne crois pas
Qu'ils soyent si malheureux d'auancer leur trépas.

Le troisiéme soldat.

Ce sont tous ieunes gens & sans experience,
Qui n'auront pas moyen de se mettre en deffence.

Le quatriéme soldat.

Voila la porte ouuerte & n'y a point de gens
A la garde d'icelle.

Sosander.

Entrons doncques dedans
Compagnons, compagnons la porte est ià gaignee.

Solomone.

He quel bruit est ce la? ô pauure infortunee
Nous voici desia pris, courage mes enfans
Ne vous estonnez point de voir tous ces tyrans.

Machabee.

Il n'y en a vn seul qui s'estonne, ma mere,
Le courage nous croist de voir nostre aduersaire.

Sofander.

Madame, & vous aussi seigneurs autant parfaits
Que nature prodigue en enfanta iamais,
Le grand Roy d'Antioche & de toute l'Asie
Souhaite de vous voir, par ainsi ie vous prie
De vous acheminer & venir auec nous,
Quand pour vos beaux enfans il les pouruoirra tous
Aux honneurs de sa court, i'ay charge de vous dire
Que c'est le plus gråd bien auiourd'huy qu'il desire.

Solomone.

Ie croy que mes enfans nourris sous autres loix
Ne veullent mendier la faueur de vos Rois.

Machabee.

Seigneurs, les nourrissons que produit l'Eufratique
Ne s'accordent iamais à la loy Mosaique.

Sofander.

De tenir tels propos il y auroit danger,
Cependant il nous faut promptement déloger.

Solomone.

Allons puis qu'ainsi est, de nous faire contraindre
La peine, mes enfans, ne nous en seroit moindre.

Appelle.

Vous dis ie pas vn iour que ceste nation,
Seroit forte a domter pour sa religion?
Et qu'à peine iamais on y mettroit police;
Sire, d'Eleazar le tourment & suplice
Leur nourrist dans le cœur vn si bouillant courroux
Qu'ils ne font point d'estat de mal parler de vous,
Et contre vostre Edit tellement ils s'irritent
Que du haut des maisons plusieurs se precipitent,
Et est en verité horrible chose a voir.

Bacchide.

Sire, seuerement il vous y faut pouruoir
I'ay tousiours entendu que des Rois la clemence
Trop benigne & humaine, est signe d'arrogance.
L'iniustice, douceur, faueur, benignité,
Sont les vrays nourriciers de toute iniquité,
Faites-en tant bruler & couper de leurs testes
Que les autres vaincus accourent aux requestes.

Le Roy.

Chacun prenne vn quartier & que de tous costez
Ils soyent cruellement punis & tourmentez.
Ceux qui m'obeiront ie veux qu'on les guerdonne,
Mais à vn seul mutin ie ne veux qu'on pardonne,
Et toy pere des dieux, Iupiter haut-tonnant,
Me veux-tu point aider à punir maintenant
Ceste peruerse gent tousiours à toy contraire?
Donne nous du Dieu-febure & duquel tu es pere
Des instrumens forgez d'vne telle façon,
Que leur sang appaiser puisse ton nourrisson.
Oh, voicy mon Preuost.

Sosander.

Sire, ie vous amene
Vne dame honorable, vne dame ancienne,
Entre tous les humains qui n'est autre sinon
Vne autre porte-sceptre & seconde Iunon.
Voila ses nourrissons enfans de bonne grace,
Extraits d'vne bien noble & vertueuse race,
Si bons, si bien nouuris, si beaux & gracieux,
Qu'il semble proprement que ce soyent demi-dieux?
Tout se portera bien si vous pouuez tant faire,
De les pouuoir gaigner par humaine priere,
Car par force ou rigueur i'ay bien veu ce matin,
Que ne pourrez mollir leur cœur diamantin.
Si vous leur pouuez donc sans force ou violence,

Faire gouster vn peu la libre sapience
Des doctes Caldeens, & qu'ils vueillent aimer
Ce que vous aimez mieux, ce qui vous est plus cher,
Le reste embrassera vostre sainte doctrine
Car ce sont des plus grands de toute Palestine.

Le Roy.

Faites les donc venir car ie desire assez
De les voir à ma court les premiers auancez.

Il parle à elle & à ses enfans.

Ie vous ay fait venir, dame-tres-vertueuse,
Dame bien estimee & doublement heureuse,
Pour estre accompagnee au declin de ces ans,
Pour gracieux suport de si nobles enfans.
Ie vous ay fait venir non pour vostre dommage:
Mais pour vostre profit honneur & auantage
De vos sept demi-dieux, ie vous pry n'ayez peur
De voir tant de soldats pres de leur Empereur:
Car ils seront autant enuers vous debonnaires,
Comme ils sont aux mutins odieux aduersaires.
Qui m'aime de bon cœur il se peut asseurer
D'auoir autant d'honneur que lon peut esperer:
Et vous & vos enfans que tant i'aime & honore
Vous pouuez bien iuger que vous auez encore,
Vn Roy qui vous sera bien plus parfait amy
Qu'aux autres dessusdits qu'il n'aime qu'à dimy:
Ne refusez donc point ie vous pry l'alliance
D'vn Roy victorieux, qui a tant de puissance.
Ne faites point meurtrir ces corps tendres & beaux,
Pour ne vouloir manger de la chair de pourceaux,
Combien que mon Edit publié m'y conuie,
De l'exercer, sur vous, ie n'aurais pas enuie
Quand ie serois contraint encor de venir là,
Mes pitoyables yeux ne pourroyent voir cela.

Aduisez donc enfans de beauté admirable,
Lequel de ces beaux poincts vous est plus profitable
De la guerre ou la paix, qui sont deuant vos yeux
Regardez lequel c'est que vous aimez le mieux,
Vostre chair delicate & face gracieuse,
N'est point pour soutenir vne force nerueuse,
Vn bras gros & ossu, qui tousiours fraperoit,
Sur vostre tendre corps tant que fraper pourroit.
Celuy qui maintenant vostre salut annonce,
C'est vn Roy demi-dieu, donnez luy donc responce.

Solomone.

Cela seroit fort mal, ò Roy, que les enfans
Que i'ay porté neuf mois chacun dedans mes flancs
Vousissent maintenant parler deuant leur mere.
Sçache donc que iamais pour crainte de nous faire
Endurer des tourmens & souffrir mille maux,
Par tes coupe-iarets, & iuhumains bourreaux,
Nous ne quitterons point nostre loy Mosayque.
C'est vn acte meschant cruel & tyrannique,
De nous vouloir forcer par telle impieté
Changer les saintes loix de nostre antiquité,
Pour nous faire adorer vne masse muette,
Ne representant rien qu'vne chose imparfaite,
Ne representant rien que le bois seulement,
Ou la pierre de quoy est fait le bastiment.
Si ieunes mes enfans tu les penses confondre,
Ie les pense assez bien instruits pour te respondre,
Ce seroit temps perdu de nous vouloir prescher,
Car quand lon nous deuroit fierement arracher
Auec vn fer ardant & mordantes tenailles
Le foye, les poumons, le cœur & les entrailles,
Tu ne pourras iamais ny mes enfans ny moy,
Esbranler tant soit peu nostre aimantine foy.

Le Roy.

Vrayment il fait beau voir vne femme pleurarde
Parmy tant de malheurs qui soit si babillarde.
Sosander, faites les promptement retirer.

Sosander.

Ie me doutois assez qu'on ne pourroit tirer
Autre confession maintenant de leur bouche.

Le Roy.

Vrayment voicy vn cas qui de trop pres me touche
Qui me fera peut estre à la fin enrager.
Or effrongné Charon infernal passager,
Que me sert-il d'emplir si souuent ta nasselle
De ce peuple mutin, de ce peuple rebelle?
Quand ie ne puis atteindre au bout de mes souhaits
Maussade forgeron, pied tortu que tes traits
Sont aigus de naurer aussi bien les grands Princes,
Comme les plus petits des infimes prouinces.
Non, non, ie ne veux plus demeurer en ce lieu:
Car ie croy qu'il y a quelque esprit ou faux dieu,
Qui quelque grand malheur sinistrement me brasse
Dedans vn feu ardant, ie suis plus froid que glace.
Ie mange plus que trois & si n'ay que les os,
Mon esprit inconstant ne prend aucun repos,
D'aduis & de pensers ie change d'auantage
Qu'vn milion d'oiseaux ne changent de ramage,
Par les vagues de l'air la poudre au gré du vent,
Lors qu'il souffle plus fort ne tourne si souuent
Qu'au lict ie fais de tours lors que la nuit vmbreuse
Me deuroit redoubler vne heure plus heureuse,
Ma vie n'est pas vie, ains vne affliction,
Pire que du pariure & paillard Ixion:
Ce soin renaist tousiours, i'ay l'ame tourmentee
Plus que le foye encor du larron Promethee.
Bref ie veux aller voir si l'Euffrate fameux

Me voudra point donner vn repos plus heureux,
Ie ne veux retenir que le tiers de l'armée,
Ie reste demeurra par toute la Iudée.
Vrayment vous en ferez (Appelle) gouuerneur,
Ie vous cognois assez capitaine d'honneur,
Et si ces obstinez ne vouloyent point entendre
A suyure mes Edits qu'on en face tant pendre,
Que les plus grans chemins en soyent tous infectez,
Bacchide, les captifs aux prisons arrestez.
Faites les moy venir, ils suyuiront ma coche
Au celebre triomphe esperé d'Antioche,
Et faites suyure aussi Solomone & ses fils,
I'estime qu'ils seront là dedans conuertis
Aussi tost qu'ils auront perdu la cognoissance,
De leurs pays, chasteaux, & iardins de plaisance.
Si ie change de lieu, ils m'ont tant irrité
Que ie ne veux pourtant changer de volonté.
Prenez huit legions, il faut que ie m'en aille,
Et les faites marcher en ordre de bataille.

Bacchide.

Sire, i'accompliray vostre commandement.

Le Roy.

Bacchide, ie vous pry que ce soit promptement.

Bacchide va querir les captifs & Solomone
& ses enfans, & les ameine liez à Antiochus, cependant la Furie ioüera,
& les clauses subsequentes.

LA FVRIE.

Voila nostre tyran, voila nostre monarque
Prest de tomber aux mains de la cruelle Parque,
Ie l'ay si bien conduit, ie l'ay si bien rangé
Qu'il est au desespoir & demi enragé,

Il ne faut pas encor toutesfois qu'il perisse
Auant que d'auoir fait des Iuifs vn sacrifice,
Ie veux que ces mutins par vn double malheur
Auant son desespoir éprouuent sa fureur.

Le Roy.

Appelle, aduisez bien que ma loy soit gardée
Vniuersellement au pays de Iudée,
Ie veux par ce moyen grand renom acquerir.

Appelle.

Sire, n'en ayez soin, i'en feray tant mourir
Qu'on en verra bien peu asseurez, de leurs testes,
En vous remerciant de l'honneur que me faites,
Moy indigne d'auoir vn tel gouuernement,
Esperant qu'en aurez parfait contentement.

Bacchide.

Si tost qu'il vous plaira déloger de Solime
Voila vos gens tous prests, ô prince magnanime,
Dites moy, s'il vous plaist, du nombre des captifs,
Voulez-vous faire aussi marcher tous les petits?

Le Roy.

Quoy donc? si vous trouuez la chose pitoyable,
Mon triomphe en sera beaucoup plus honorable,
Faites au petit pas tousiours marcher vos gens,
Bacchide, de partir ie voy bien qu'il est temps.

Solomone prisonniere auec ses fils.

Mes bien aimez enfans, ce tyran execrable,
Pense-il vaincre ainsi notre cœur indomtable,
Pour nous auoir tirez de nos plaisans chateaux,
Et fait conduire icy par ses sanglans bourreaux
Quoy? pour auoir saisi nos biens hereditaires,
Pense nous étonner plutost que par prieres,
Pour la peur d'vne noire & étroite prison,
Pense il étoufer notre sainte raison?
Iamais, iamais ce vil & penible seruage

Ne pourra refroidir nostre noble courage,
Iamais crainte de mort ou d'vn superbe Roy
Ne pourront ebranler nostre immortelle foy.

Machabee.

O quell' pitié de voir nostre cité deserte,
Et nostre terre aussi de morts toute couuerte,
Qu'il faille toutesfois que cet vsurpateur
De tant de sang humain n'assouuisse son cœur:
Helas, helas! faut il par la caute malice
D'vn tyran si cruel tant de peuple perisse?
Qu'en Iudée les champs de tous costez soyent plains
De meurtriers outrageux & bourreaux inhumains?
Mon Dieu, ie te suplie humblement que nos testes
Puissent en peu de temps acoiser ces tempestes.

Aber.

Autresfois lon a veu Israel opresse
Pour auoir coup sur coup l'Eternel offensé.
Ce n'est pas le premier Roy tyran de Caldee,
Qui soit ainsi venu sacager la Iudée,
Mais tous ces maux icy & ceux que i'ay predis
Sont tousiours aduenus par le peché des Iuifs.
Entre les plus heureux celuy là le doit être,
Qui parmi tant de maux fait deuant tous paroistre
Qu'il est homme de bien, & qui peut ...
Le vice trop commun & le peché domter.

Machir.

Iamais Dieu debonnaire & benin ne s'irrite
Contre son aimé peuple & race Abrahamite,
Sans y estre forcé & si les bien-viuans
Sont tousiours chastiez auec les meschans:
Car la vertu ne peut apertement reluire
Qu'au milieu du tourment & plus cruel martyre,
Comme l'or le plus clair & le plus precieux
Dans le feu plus ardant tousiours s'éproue mieux

B

Aussi plus aparoist la vertu souueraine
Du seruiteur de Dieu au milieu de la peine.

Iudas.

Apres la mort du preux & vaillant Iosué
Le peuple fut d'erreur tellement imbué,
Qu'il s'en falut bien peu que toutes leurs lignees
Ne fussent par assauts de guerres ruinees.
Par le glaiue trenchant lon voit égallement
De bons & de mauuais receuoir chastiment:
Et si le seul peché du ieune Beniamite
A l'endroit de l'espouse & femme du Leuite,
Fut cause d'émouuoir l'ire de Dieu sur eux.
Combien auons-nous veu de tels seditieux?
Combien nous auons veu de tels Gabaonites
Dedans Hierusalem, combien d'Israelites
Ont mesprisé les loix des peres anciens,
Pour suyure de nos iours l'erreur des Syriens,
Premier que l'Eternel se soit mis en colere,
Pour armer contre nous ce cruel aduersaire?

Achar.

Peut-il pas susciter vn Cenez, l'immortel
Pour remettre en honneur le venerable autel,
Pour remettre en honneur le superbe edifice
Basti par Salomon l'hostie & sacrifice?
Peut-il pas susciter vn autre Gedeon
Pour chasser les tyrans de nostre nation?
Vn autre Iosué, vn Sanson magnanime
Pour remettre en honneur le peuple de Solime,
Et pour la liberté remettre en Ysrael,
Sacrer diuinement vne autre Samuel.
Dieu tout-puissant qui est protecteur d'innocence
Les pourra releuer par sa douce clemence,
Tousiours le ciel n'émeut ses foudres dessus nous,

Aussi n'est pas tousiours le Seigneur en courroux,
Quand il a chastié la Dauidique race,
Il l'a visité apres de sa benigne grace.

Areth.

Puis donc qu'il a permis ceste captiuité
Si pour la precieuse & franche liberté,
Et pour bien maintenir les statuts de nos peres
Nous mourrôs maintenant tous ensemble mes freres,
Ce nous est vn grand bien, ce nous est vn grand heur
D'estre tyrannisez, & qu'il plaise au Seigneur
Se seruir de nos corps, afin que la victoire
En puisse mieux vn iour manifester sa gloire.

Iacob.

Mes freres, nous auons pour vn iour de tourment
Vn celeste repos perpetuellement,
Et pour vn bien mondain fragile & perissable,
Nous acquerrons de Dieu l'amour incomparable.
C'est vn grand heur pour nous, ma mere, c'est pour-
  quoy
Craindre nous ne deuons la cruauté du Roy.

Solomone.

Mes enfans, imprimez en vos ames parfaites
L'exemple des martyrs & anciens prophetes,
Et vous verrez comment, pour le seul nom de Dieu
La persecution sur les bons auoir lieu,
Et comme les tyrans par leur folle arrogance
Ont tousiours fait meurtrir l'incoupable innocence.
Abel premier martyr, par son frere Cain
Ne fut-il pas occis en aguet de chemin?
Ennieux seulement, pour luy voir dauantage
De bestail qu'il n'auoit mené en paturage.
Isaac voulut-il pas que du trenchant cousteau
Son tendre col luy fust coupé sur le coupéau
Du mont, où Dauid fist depuis bastir le temple?

N'est-ce pas vn miroer, n'est-ce pas vn exemple,
Pour tous ses chers neueux de toute humilité?
Iacob voyant son frere Esaü irrité
Contre luy, fut contraint de quiter sa patrie
Et s'enfuir aussi tost en Mesopotamie,
Où il fut bien vingt ans banni de sa maison.
Ioseph ne fut il pas fort long temps en prison
Pour auoir reietté les injustes prieres
D'vne femme impudique, & mesmes tous ses freres
L'auoyent ils pas vendu aux Arabes meschans?
Pensez à la vertu de ces trois beaux enfans,
Quoy qu'ils fussent iettez, dans l'ardante fournaise,
Pas vn d'eux ne sentit la chaleur de la braise.
Regardez Daniel & ses afflictions,
Qui pour crainte de mort, dans la fosse aux lyons
Où ils l'auoyent ietté, ne voulut iamais taire
L'hommage qu'il deuoit au Seigneur debonnaire.
Tous ces exemples là ne nous sont proposez
Que pour nostre salut & d'en estre auisez.
Considerez encor mes enfans, ie vous prie,
Le tesmoignage saint du prophete Isaye:
Si lon te fait passer, dit il, par le milieu
Des flammes, soutenant la parole de Dieu,
Quoy que le feu soit aspre & la braise attisee,
Pour tout cela ta chair n'en sera consommee.
Passons encor plus outre, & voyons qu'il est dit
Sur le mesme propos, au psalme de Dauid.
Les tribulations des iustes, & leurs peines
Seront de tous costez, grandes & inhumaines.
Et puis en Salomon, le bois de vie est mis
Pour ceux qui de tout temps sagement ont apris
A faire le vouloir du Monarque celeste.
Mais que veut dire encor d'Ezechiel le texte?
Que ses os secs viuront: sinon que l'Eternel

Entend recompenser, d'vn los sempiternel
Ceux qui auront pour luy des peines tyranniques.
Et de Moyse aussi regardez les Cantiques
Où il est dit ainsi, pour certain ie tueray,
Et puis apres cela, viure ie vous feray,
La longueur de vos iours, que ie vous ay donnee
Est veritablement en mes mains arrestee.
Ces discours seruiront de rafraichissemens,
Mes bien aimez enfans, au milieu des tourmens.

Machabee.

Madame, du tyran l'insatiable rage
N'amolira iamais nostre ferme courage
Par la grace de Dieu, nous sommes assez fors
Pour attendre ses durs & violens efforts:
Nous sommes resolus, ieunes comme nous sommes,
De soutenir les coups de ces robustes hommes:
Nous sommes resolus, de suyure les sentiers
De tous ces genereux & braues deuanciers
Que vous auez nomez, & pour crainte quelconque
N'entrer dans le chemin où nous ne fusmes oncque,
Ce tyran ne pourra iamais auoir moyen
De nous empoisonner d'vn erreur Caldeen:
Car nous sommes extraits d'vne trop bonne race
Pour ainsi nous laisser emporter par menace.

Aber.

Qu'il allume des feux, qu'il acere des dards
Pour nous faire mourir par ses bourreaux soldars
Qu'il inuente des maux & peines plus cruelles
Pour rompre & démembrer nos forces naturelles,
Qu'il face deschirer nos corps par gros lambeaux
Qu'il face decouper nos membres par morceaux,
Le tyran pour cela n'aura point cette gloire
Sur le moindre des sept, d'emporter la victoire.

Machir.

Tout ainſi comme on void les guerriers genereux
Au ſon de la trompette étre plus courageux,
Pluſieurs autres auſsi, auſquels la paſle crainte
Auroit deſia donné quelque petite attainte,
Se raſſeurer au ſon d'vn ſi vif inſtrument,
Et charger l'ennemy bien plus alaigrement:
Ainſi ſerons-nous tous excitez dauantage
A la voix & clameur d'vn tyran plein de rage:
Ainſi ſerons tous ſept plus fors & plus hardis,
Si toſt que nous orrons les effroyables cris
Des bourreaux inhumains: & la peur qu'ō nous dōne
D'vne cruelle mort iamais ne nous étonne.
Nous deuons loüer Dieu, qu'vn tant heureux debat
Nous face entrer au champ d'vn ſi braue combat.

Iudas.

Comme pourroit forcer vn homme ſeul la porte
Du logis qui ſeroit gardé d'vne cohorte
D'hōmes fort bien armez? & leſquels iour & nuict
Sçauroyent ce qu'on feroit & ce qu'on auroit dit.
Comme ſeroit aimé, le ſeruiteur du maiſtre
Qui volontairement luy auroit eſté traiſtre?
Comme ſeroit aimé, de Dieu l'homme menteur
Qui le décognoiſtroit pour pere & Createur?
Et qui le reniroit auſsi deuant les hommes
Nous voudroit-il tirer de la peine où nous ſommes?
Afin de nous donner dans le ciel radieux
Comme à ſes vrais enfans vn repos tant heureux.
Toutes ces choſes là ſe feroyent bien à peine,
Et ne reſte qu'auoir vne foy bien certaine
Afin de maintenir, iuſqu'à l'extremité
En mourant conſtamment la pure verité.

Solomone.

Mes enfans, ie voy bien que la diuine eſſence

Aßiste maintenant voſtre pure innocence,
Et voy bien clairement que les cieux ſont ouuers
Pour vous laiſſer paſſer quelque iour à trauers,
Afin d'aller donner à voſtre grand miſere
Vn doux repos au ſein d'Abraham noſtre pere.

Elle prie à genoux.

Ie te prie humblement, ô ſeigneur immortel,
Qui donnas ſeur paſſage aux enfans d'Iſrael
A trauers la mer rouge, euitant la furie
De ce Roy Memphien voiſin d'Etiopie,
Qu'il te plaiſe donner fauorable ſuport
A moy & mes enfans, aux ſoupirs de la mort:
Que l'effort du tyran & trop ſanglant carnage
Ne puiſſe pas domter noſtre hardi courage.

Achar.

Mes freres bien aimez, allons ioyeuſement
Pour receuoir la gloire & l'honneur du tourment.

Arerh.

Allons vaincre tous ſept par forte patience
Du ſuperbe tyran la rude violence.

Iacob.

Quoy que ie ſois fort ieune, on verra par effet
Si ie ſuis digne d'eſtre au nombre de vous ſept.
Que ſi ma tendre chair vous ſemble trop douillette
I'ay le courage grand & l'ame tresbien faite.

Furie infernale.

Rien ne me ſert d'auoir, à ce Roy tenebreux
C'eſt or' que Stygien, ce ſerpent monſtrueux,
Enuoyé tant de fois multitude infinie
De voleurs, de meurtriers & de mauuaiſe vie:
Quoy que de telles gens ie luy en donne aſſez,
Si ne puis-ie pourtant auoir vn ſeur accez
Auec cet enuieux: & me faut touſiours eſtre
Hors de ſon noir manoir, tant eſt fort à cognoiſtre.

Ce fut moy, qui causa la grand combustion
En la propre maison du royal Pandion
Par la déloyauté de son gendre Terée.
Ie suscitay depuis, la fureur de Medee
Contre son propre frere, & de ses deux couteaux
Ie luy fis decouper ses enfans par morceaux.
Oedipe occist-il pas, par mon conseil, son pere,
Et puis tout aussi tost prit à femme sa mere?
Phalaris trescruel Roy des Agrigentins,
Les meurtres qu'il commist par ses subtils engins,
Et l'inceste de Phedre en la mort d'Ypolite,
Tout cela fut-il pas commis à ma poursuite?
Circe enfant du Soleil, laquelle de son temps
Arrestoit vn chacun par ses enchantemens,
Luy donnay ie pas l'art & moyen de ce faire?
Ie suis du peuple Hebrieu, le cruel aduersaire,
I'ay fait armer cent fois les Rois Assyriens
Les nerueux Philistins & tous autres payens
En dépit de leur Dieu, pour leur faire la guerre.
I'ay si bien fait bruler ces iours toute leur terre
Et tuer tant de gens que tout y est desert.
La rage & la fureur d'Antiochus, me sert
A iouer ce mystere, & faut que la Gorgone
Me donne le moyen de pouuoir Solomone
Diuertir de son Dieu, & ses fils mesmement,
Ou bien qu'à mon retour ie sois mise au tourment.

Antiochus.

Et bien, Preuost, comment se portent nos affaires
Vaincrons-nous par amour Machabee & ses freres
Depuis nostre retour, & qu'ils sont en prison
Auez-vous point sondé s'ils viendront à raison?

Sosander.

Sire, c'est temps perdu pour vray de s'y attendre.

Quoy qu'on leur puisse dire on n'y peut rien apprendre.

Iamais vous ne pourrez les auoir par douceur:
Car i'ay bien descouuert le secret de leur cœur.

Antiochus.

Par Iupin Dieu tonnant, s'ils me font dauantage
Par leurs folles erreurs, aigrir en mon courage
Ils verront quel profit, auant qu'il soit demain,
Il y a d'irriter vn Prince tant humain.
Faites les moy venir tous sept & Solomone.
Sosander, pour le seur c'est elle qui leur donne
Tout ce mauuais conseil: s'ils se font tourmenter
I'ay bien deliberé de luy faire porter
Vne double douleur: car pour sa penitence
Premier qu'elle ils mourront tous sept en sa presence.

Sosander.

Or sus, sus, puis que c'est la volonté du Roy
Allons les donc querir, compagnons suyuez moy.
Dame, voicy le temps qu'il vous faut estre sage
Quoy qu'ayez eu l'esprit iusqu'icy fort volage:
Si vous aimez le Roy & ses Edits aussi
Il sera bien ioyeux de vous prendre à mercy:
Venez donc receuoir & tous vos enfans mesme
Le dernier iugement de sa bonté supreme:
Vous ferez sagement de vous mettre à genoux
Car c'est le vray moyen d'apaiser son courroux:
Si vous estes mutins, si vous estes rebelles
Il vous fera porter des peines si cruelles
Que tous huit, maudirez cent & cent fois le iour
Que vous n'auez cherché sa grace & son amour.

Solomone.

Nous ne mettons iamais le genouil contre terre
Pour crainte de tourmens, de peril ou de guerre.

B.

Sinon deuant le Dieu de nos sages ayeux,
Qui à tousiours aimé la race des Hebrieux,
Quand vostre Roy, cent fois escumeroit de rage,
Nous auons aceré nostre animé courage,
Pour mieux luy resister: & son glaiue mortel
De l'amour que portons au seigneur eternel,
Ne nous pourra iamais aucunement distraire.
Nous pouuons bien mourir: mais nullement nous taire,
Pour crainte de tourment, quand il est question
Maintenir hardiment nostre religion.
Et ne peut on forcer iamais nos consciences.

Sosander.

En sommes nous donc là, est ce ainsi que tu penses
Nous abuser, auec ton babil mensonger?
Tu verras maintenant, quel peril & danger
Il y a d'irriter vn si puissant Monarque.

Le premier soldat.

Premier que vous ayez de la cruelle Parque
Esprouué les efforts en vos tristes esprits,
Vous vous repentirez cent fois, de n'auoir pris
Quelque goust au conseil que le preuost vous donne.

Le second soldat.

Ie croy qu'ils veullent bien que le Roy leur pardonne
Mais de luy obeir il n'en faut point parler.

Le troisiéme soldat.

Or sus donc beaux danseurs, il vous conuient aller
Receuoir iugement selon vostre merite.

Le quatriéme soldat.

Ils sont en grand danger, s'ils ne prennent la fuite:
Nous les garderons bien toutesfois de courir,
Puis qu'ils sont obstinez, ils doyuent tous mourir
D'vne mort violente, afin que leurs miseres
Donnent crainte & frayeur aux autres aduersaires.

Soſander.

Sire, voila la mere & les enfans auſſi
Qui plus que marbre blanc ont le cœur endurci,
Qui ne font point d'eſtat de voſtre bonne grace
En refuſans vos dons, & pour crainte ou menace
De les faire mourir treſtous cruellement,
Au mſpris de vos loix, on voit apertement
Qu'ils ſont fort reſolus de perir tous enſemble.

Le Roy.

Par le Dieu haut tonnant, Soſander il me ſemble
Qu'ils font vne grand faute & ſont hors de raiſon,
De vouloir poſtpoſer l'honneur de ma maiſon
A vn Dieu ſans pouuoir: puis que cette folie
Leur fait tant oublier le ſalut de leur vie,
Faites les aprocher & que ie parle à eux.

Soſander.

Compagnons, amenez promptement ces Hebrieux.

Le Roy parle aux enfans, penſant les
deceuoir pour leur ieuneſſe, la mere eſtant au milieu d'eux.

Le Roy.

O genereux enfans, chef d'œuure de nature,
Nourriſons bien-aimez du treſſage Mercure
Enfans bien accomplis en parfaite beauté,
Ie ne ſuis contre vous tellement irrité
Que pour vous auancer, ie ne face paroiſtre
Ma liberalle main & grandeur de mon ſceptre:
Combien que vous ſoyez au nombre des captifs,
Si vous aimay ie mieux que tous les autres Iuifs.
Vrayment, ie ne veux eſtre eſtimé tant barbare
Que de perſecuter vne beauté ſi rare,
Ie ne veux pas tenir ſi long temps en priſon
Tant de princes ſortis d'vne meſme maiſon.

Et si ie ne suis moins, raui de vostre grace
Que i'acmire le sang de vostre bonne race:
Toutes ces choses là, m'induisent grandement
A vous vouloir aimer tous sept parfaitement:
Rentrez vn peu en vous, que vostre esprit s'éueille
Sur ces promesses là, enfans, ie vous conseille
De prendre le party qui vous est le plus seur,
Et n'endurcissez point contre droit vostre cœur,
En reiettant ainsi par superbe arrogance
Mes constitutions & diuine ordonnance:
Euitez, euitez non seullement l'effort
Des tourmens, mais aussi la tres cruelle mort.
Ie vous veux faire grands, ô enfans admirables,
Et vous pouruoir d'estats tres-beaux & honorables,
Ie vous veux faire tous riches & opulens
Et par dessus encor les hommes de ce temps.
Quittez moy cet erreur, mettez en oubliance
De vos peres ayeux la trop folle creance.
Reduisez vous ensemble, aux obseruations
Communes du pays: que ces religions
Qui vous ont abusez, toutes ces réueries.
D'election de chair & de ceremonies
Soyent mises sous le pied nature ne veut pas
Que l'on mesprise ainsi les tresors d'icy bas.
Vous faites donc encor des gestes deshonnestes,
Contemnant mon Edit, vous branlez tous les testes:
En vous mocquant de moy sus dressez les tourmens,
Soldats, presentement: grilles crucifimens,
Roes, pointes, garrots, chaudieres, estrapades,
Frixoires, & gibets poignettes, & onglades,
Tenailles, gands de fer, manottes & roleaux,
Qu'on ne laisse pas vn des instrumens nouueaux
Lesquels i'ay fait bastir pour meurtrir & pour poin-
dre,

Pour les iambes & bras cruellement estraindre,
Pour serrer doigts & mains & punir les mutins
Qui mesmes deuant moy pensent faire les fins.

Furie infernale.
Nostre cas va tresbien, le Roy transporté d'ire
Maintenant rien que sang & meurtre ne desire.

On dresse les tourmens.
Ie luy ay inuenté, des tourmens si cruels
Que iamais par le monde il n'en fut veu de tels.
La peine sera telle, & le mal si terrible
A la mere & ses fils, qu'il seroit impossible
Qu'ils peussent resister aux bourreaux inhumains
Auant qu'il soit vne heure, ils seront tous contrains
De renier leur Dieu & prendre loy nouuelle.

Le premier soldat.
Et bien craignez vous point ceste peine mortelle
Et ces tourmens, qui sont apprestez pour vous tous?

Le deuxiéme soldat.
Ils ne respondent rien, ie croy que le courroux
Et le bouillant despit leur a fermé la bouche.

Le troisiéme soldat.
Vrayment, si est-ce vn poinct qui de fort pres les
touche,
Et sont prests de tomber en vn piteux arroy.

Le quatriéme soldat.
Ie m'enuoy, compagnons, aduertir nostre Roy
Que les tourmens sont prests, afin qu'en sa presence
Ces gallans soyent punis de leur coupable offence.
Sire, quand vous voudrez auoir le passetemps
De ces Iuifs, nous auons dressé tous les tourmens.

Le Roy.
C'est bien dit toutesfois auant que de les mettre
Au tourment, ie desire encor vn peu cognoistre
Si la peur les fait point changer de volonté.

Enfans ieunes & beaux si vous auez esté
Abusez, iusqu'icy, ie vous permets encore
Quiter ce Dieu qui n'est pas digne qu'on l'honore,
Sacrifiez enfans, sur cet autel nouueau,
Et goustez hardiment de la chair de pourceau.
Prenez exemple à moy, pensez vous que i'abuse
Des Dieux si lourdement? vous aurez vne excuse
Qui seruira beaucoup, estans entre mes mains:
Vous direz que la peur vous y a tous contrains.

Solomone & ses fils tous ensemble.
O Roy, ne pense point que ta parolle sainte
Nous face abandonner nostre loy pure & sainte.

Le Roy.
Vous ne voulez donc pas changer d'opinion?

Tous ensemble.
Plustost mourir que prendre autre religion.

Le Roy.
Ie vous feray porter des peines tres-ameres.

Tous ensemble.
Pour le moins nous mourrons en la foy de nos peres.

Le Roy.
Là là, vous parlerez auiourd'huy bien plus bas.

Tous ensemble.
N'espargne point nos corps, fay ce que tu voudras.

Le Roy.
Contemnez vous ainsi ma force & ma puissance?

Tous ensemble.
En Dieu nous auons mis toute nostre esperance.

Le Roy.
Qui est ce Dieu, duquel vous estes tant soigneux?

Tous ensemble.
C'est le Dieu d'Abraham & de tous les Hebrieux.

Le Roy.
Vous peut-il garantir de ma forte iustice?

Tous ensemble.

Des siens souffrent tousiours pour reparer le vice.

Le Roy.

Il a charmé vos cœurs, c'est vn magicien.

Tous ensemble.

C'est celuy qui a fait tout le monde de rien.

Le Roy.

Voulez vous tous mourir en obstiné courage?

Tous ensemble.

Tu perds temps de vouloir nous prescher dauantage.

Le Roy.

Et ne craignez vous point ces feux & ces cousteaux?

Tous ensemble.

Decoupe si tu veux nostre chair par morceaux:
Pour cela nostre foy n'en sera violee.

Le Roy.

Ie veux parler à vous en secret, Machabee.
Vrayment c'est vostre mere ainsi comme ie croy,
Qui fait faire à vous sept si peu d'estat de moy:
Mais c'est le naturel des femmes idolastres
D'estre tousiours ainsi folles opiniastres.
Vous commettriez sur vous vne grand' cruauté
Permettant de meurtrir, ceste fraiche beauté
Que nature vous a sagement eslargie
Pour parfait ornement de vostre propre vie.
Taschez de conseruer ce qui vous est plus cher:
C'est vn mespris des Dieux, de vouloir empescher
L'issue du destin & longueur des annees,
Qui pour viure ioyeux vous sont determinees.
Ie m'auance vers vous, & vous preste la main
Pour chasser ce cruel & barbare dessein.
Le furieux poussé d'vne demence extreme
Est bien souuent gardé de se tuer soy-mesme
Par vn vigilant soin, de ses plus chers amis.

Preseruez moy ce corps, puis qu'il vous est permis
Librement de ce faire, offrant en sacrifice
Ce qui est ordonné par ma sainte iustice.
Quittez moy le conseil, d'vne folle qui n'a
Qu'vn vouloir de perir qui la guide à cela.
Quoy qu'elle ait dessus vous maternelle puissance
Cela n'opere pas dedans la conscience,
Qu'elle se perde seule, & laissez l'incertain
Pour embrasser le bien qui vous est plus certain.

                    Machabee.

Tu t'abuses, ô Roy, de vouloir entreprendre
Par tes blandissemens captieux me surprendre.
Tu ne me vaincras pas ainsi par ton parler.
Du rocher naufrageux, tous les flots de la mer
Quoy qu'ils soyent agitez d'vne forte tempeste,
Ne pourroyent emporter vn esclat de la teste:
Aussi ne pourras-tu amollir tant soit peu
L'inestimable amour que ie porte à mon Dieu.
Quelle raison as-tu, ô tyran execrable
Aime-sang, d'estre ainsi le meurtrier implacable
Des hommes innocens, & que tu sois aussi
A tous genres de maux en ton cœur endurcy?
Tu as beau caqueter, ô Roy, tu as beau faire,
Car nostre desir est, de mourir pour complaire
Au Dieu de nos ayeux: pour crainte de tourmens
Nous ne lairrons iamais les saincts commandemens.
Par Moyse enseignez, nostre docteur & maistre.
Et toy, c'est ton honneur, que de faire paroistre.
Que des iustes tu sois le grand persecuteur,
Amateur d'iniustice, & le vray inuenteur
De toute iniquité: cette misericorde
Que tu nous presches tant ce seroit vne corde
Pour nous precipiter: ce seroit vn support
Beaucoup plus dangereux que la sanglante mort.

Mais nous sommes armez, d'vne telle esperance
Qu'on mesprisons tes dons & royalle puissance,
Nous mesprisons ta grace, et nous mocquons tous
   huit
Des propos scandaleux que tu tiens iour et nuict.
La mort d'Eleazar, pere tres-venerable,
Tousiours deuant nos yeux se presente imitable.
Le fruit qu'on a receu de sa peine & tourment
Est tousiours imprimé en nostre entendement.
L'exemple est si nouueau, que sa sainte doctrine
Ne seroit pas si tost hors de nostre poictrine.
Fais bruler par morceaux sur le gril nostre chair
Ou bien nous fais tous vifs, si tu veux, escorcher,
Fais prendre à tes bourreaux des bruslantes te-
   nailles
Pour mieux nous arracher le cœur et les entrailles,
Pour cela tu n'auras victoire dessus nous.

           Le Roy.
Ie suis tant transporté de rage & de courroux
Voyant ainsi causer ce fol en ma presence:
Dont ie perds tout espoir de prendre patience.
Sus, sus qu'on prenne en main chacun vn foet tout
   neuf
De courgees, qui soyent faites de cuir de bœuf,
A trois noüeux cordons, & que sa peau doüillette
Lon de coupe depuis le pied iusqu'à la teste.

           Sosander.
Soldats, afin d'assoir vos coups mieux à propos
Liez luy ses deux mains par derriere le dos.

         Le premier soldat.
Vous verrez maintenant si ie ne dois pas estre
Digne d'estre appellé en cet office maistre.

         Le deuxiéme soldat.
Pour monstrer que i'entens aussi bien ce mestier

Comme toy, ie m'enuois commencer le premier.

Le troisiéme soldat.

Or sus, sus compagnons, frappons donc tous ensemble.

Le quatriéme soldat.

Pour les coups qu'on luy donne il ne plaint ni ne
tremble
Non plus que s'il estoit vn bien ferme rocher.

Le premier.

I'ay pitié de luy voir couper sa tendre chair,
Pour cela toutesfois il ne pleure ni crie.

Sosander.

Mon amy, si tu veux sauuer ta pauure vie
Fais ce qu'il plaist au Roy.

Le deuxiéme.

Vrayment il ne dit mot,
Nous l'auons tant batu qu'il en est idiot.

Le Roy.

Il faut que sur la rouë à ceste heure on l'estende
Ainsi qu'en vn rondeau, & qu'à ses pieds on pende
Deux fers qui soyent fort gros, de ceste pesanteur,
Il souffrira grand mal & douleur en son cœur
En luy tirant ainsi les entrailles par force.

Le troisiéme.

S'il ne meurt promptement pour ceste rude estorse
Il faut dire qu'il a son ame de trauers.

Le quatriéme.

Ie voila sur la roë, apportez moy ces fers,
Pour les mettre à ses pieds.

Le premier.

C'est chose pitoyable,
De voir ainsi patir ce pauure miserable.

Machabee.

O grand persecuteur de la diuinité
Tyran insupportable & plain de cruauté,

Qui pense oxterminer la race Abrahamide,
Celuy, qu'ores tu tiens est-il vn homïcide,
Vn infame adultere, vn larron, vn volleur?
Est-il empoisonneur, est-il vn querelleur,
Ou quelque autre nourri parmi le commun vice?
Plustost tu le verras amateur de iustice,
Et vray observateur de nostre sainte Loy.
Ta roüe ne m'est point, ô miserable Roy,
Si griéue a endurer, qu'ell' puisse dauantage
Flechir mon inuincible & genereux courage:
Desia mon ame a pris par le vouloir diuin
Sa conuersation dans le ciel cristallin,
Et a ià pris son vol au trauers de la nue
Dont les Anges ioyeux chantent pour sa venüe.

Le deuxiéme.

Il a beau implorer la faueur de son Dieu.

Sosander.

Puis qu'il n'est encor mort, iettez le dans le feu
Tout ainsi comme il est estendu sur la roüe.

Ils le iettent dans le feu.

Le troisiéme.

Mon ami, si ton Dieu est sorcier & qu'il ioüe
D'enchantement, dy luy qui t'aidé maintenant.

Le premier.

Voici estrange cas, par Iupin dieu-tonnant,
D'estre dedans ce feu il semble qu'il luy plaise
Et qu'il ne sente point la chaleur de la braise.

Le second.

Quoy qu'il perde sa force il a l'entendement
Aussi bon & entier comme au commencement:
Et moy i'en suis tant las, que i'en suis hors d'aleine.

Machabee.

Mes freres bien aimez, que ma cruelle peine

Ne vous eſtonne pas, prenez exemple à moy
Car ie meurs le premier conſtamment pour la foy:
De mon courage fort contemplez la conſtance,
Meſpriſez du tyran la ſuperbe arrogance,
Soyez ſoldats de Dieu, bien pluſtoſt que de luy:
Car il peut rabaiſſer voire dés auiourd'huy
S'il luy plaiſt ſon orgueil, & de l'aſſligé meſme
Haut eleuer l'opprobre & la gloire ſupreſme.

Le Roy.

Qu'on luy couppe la langue auecques vn couſteau,
Et qu'on l'eſcorche apres, tout ainſi comme vn veau
Et pour dernier ſupplice, il le faut en arriere
Ietter ainſi dedans la boüillante chaudiere.

Ils luy couppent la langue.

Le quatriéme.

Çà, la langue chetif, tu as trop blaphemé.

Ils l'eſcorchent.

Le premier.

Tu ſeras de la peau maintenant deſarmé,
Eſcorchons, compagnons,

Soſander.

Vrayment il plaint encore,
S'il eſt plus guere ainſi, il faudra que ie plore
Tant ſon tourment eſt grand, iettez-le donc dedans
Car nous auons affaire apres à d'autres gens.

Le deuxiéme.

Il eſt bien chaudement : mais c'eſt choſe certaine
Que ſi les autres ſix nous font autant de peine
Il n'y aura moyen de pouuoir reſiſter.

Solomonç à genoux.

Ie te prie, ô mon Dieu, qu'il te plaiſe aſſiſter
A mes autres enfans, leur foy ſoit redoublee

A l'exemple du preux & vaillant Machabee.
O felicité grande,ô qu'heureux est le iour
Qu'il a rendu l'esprit paisible en ton amour:

Le Roy.

Or ça voyons vn peu si cet autre gendarme
Aura le cœur d'attendre vne si chaude alarme
Et si rude combat,comme son frere aisné.
Aber,approchez vous ne soyez obstiné:
Ores deuant vos yeux,vostre frere peu sage
De sa legereté a rendu tesmoignage.
O spectacle piteux,vous l'auez veu aussi
Se perde comme vn fol:ne faites pas ainsi,
Obseruez mes Edicts,ou bien ie vous asseure
Que sans aucun respit vous mourrez à ceste heure.

Aber.

Tyran abominable,& comment penses tu
Pour me tant menacer rabaisser ma vertu?
Ie fais autant d'estat de ta chaude colere
Comme de ta promesse;& la mort de mon frere
M'embrase encore plus en l'amour de mon Dieu.
Tu vis Eleazar ce vieil pere,au milieu
Des tourmens,mespriser la force de tes hommes,
Tu vis son asseurance,& nous autres qui sommes
Tous ieunes & dispos,deuons nous moins auoir
De cœur & de vertu,de force & de pouuoir?
Comme cognoistrois tu nostre constance forte
Sinon en dechirant nos corps de telle sorte?

Le Roy.

Qu'on me face venir ce griffu leopard
Promptement Sosander,car il est desia tard.

Sosander.

Or sus,va donc querir le maistre qui le traicte
Et qu'il ameine ici ceste cruelle beste.

Le premier soldat.

Gouuerneur amenez l'animal furieux
Pour demembrer Aber, l'vn de nos sept Hebrieux,
Le Roy prendra plaisir que vif il le deuore.

Le Gouuerneur.

Voila qui va tresbien, car il n'a point encore
(Dont i'estois tresmarri) ce iour d'huy desieuné
Ainsi sa maiesté me l'auoit ordonné.

Le Roy.

Or sus, que ce chetif promptement on luy donne.

Ils le presentent à Aber.

Le premier.

Il ne veut nullement toucher à sa personne.

Le Roy.

Voila vrayment des tours de son vieil precepteur
Moyse Hebrieu, qui fut vn parfait enchanteur.
Ie verray s'il aura tousiours ceste puissance
D'vser si hardiment de l'art de Nigromance.
Gouuerneur, remenez ce farouche animal.

Le Gouuerneur.

Puis qu'il a tant senti, sans luy faire aucun mal
Il y a quelque Dieu qui l'a pris en sa garde.

Le Roy.

Or sus, sus compagnons chacun de vous regarde
A l'estriller si bien qu'il ne s'en mocque point.

Sosander.

Pour estre mieux dispos, mettez vous en pour-
poinct
Vous en fraperez tous beaucoup plus à vostre aise.

Le deuxième.

Preuost i'en suis content, ie suis chaud comme braise
Tant ie suis trauaillé.

Ils le foettent.

Le troisiéme.

Et vn, & deux, & trois.

Le quatriéme.

Et t'abuses-tu là, pour rien ie ne voudrois
Conter autant de coups comme il faut que i'en donne.

Le premier.

Il ne plaint ni ne deut.

Le deuxiéme.

C'est dequoy ie m'estonne,
On diroit, à le voir, qu'il ne sent point les coups.

Le troisiéme.

Si est-il bien frotté & dessus & dessous.

Le Roy.

Ouurez luy l'estomac, car ie veux qu'on luy voye
Le poumon, intestins, & les lobes du foye:
Et puis que chacun prenne à sa main vn cousteau,
Du col iusques aux pieds, pour luy oster la peau.

Le quatriéme.

Que son corps fust desia en noire pourriture,
Nous sommes tous iassez, faisons donc l'ouuerture
Compagnon, aide moy: ô qu'ell' pitié voici!

Le premier.

Horrible chose a voir, i'en ay le cœur transi.

Aber.

O que la mort est douce, ô qu'elle est agreable
A celuy qui la prend d'vne amour charitable
Pour Dieu son Createur: plus il est tourmenté,
Plus reçoit de loyer à perpetuité.
Dauantage, ô tyran inhumain, & barbare,
Combien que ces tourmens soyent de façon si rare,
Combien que tes bourreaux soyent de frapper si las,
D'exercer cruauté iamais n'assouuiras:

Car il est de besoin que tu esprouues mesme
(Iniuste vsurpateur) par la douleur extréme
Que ie te voy souffrir, surmontant ton desir
Par patience helas! i'aye plus de plaisir
Que ie ne sens d'ennuy de tourment & tristesse,
Quoy que la peine soit tresgriéue qui m'opresse:
I'endure mieux le mal que tu me fais porter,
Que tu ne prens plaisir à mon corps tourmenter.
Combien que mes trauaux, & mes peines soyent
    grandes,
Bien moindre est ma douleur, que de toy qui com-
    mandes.
Et en me tourmentant tu es plus tourmenté,
Ma patience aussi te rend plus despité.
Fais ce que tu voudras tu ne pourras encore
Fuir le iugement du Seigneur que i'adore.
La peine, que l'esprit prophane & Caldeen
Ne peut iamais comprendre en son erreur payen
De toute eternité pour vray t'est preparee
Execrable tyran, ton ame est destinee
Au supplice eternel, & ne pourra iamais
Euiter le malheur lequel ie te promets.

Sosander.

Sus, sus, escorchez-le, vrayement c'est vne honte
Obstiné comme il est qu'il ne face aucun conte,
Ni du Roy, ni de nous.

Le quatriéme.

Or le tiens par la teste,
Qu'il soit donc escorché comme vn' pauure beste.

Il rend l'esprit auec ioye.

Solomone.

Seigneur, il a rendu l'esprit entre tes mains
Que mes autres enfans, s'il te plaist, ne soyent moins
                  Hardis

Hardis & courageux pour porter ta querelle
Que ces deux qui sont morts d'vne cruauté telle.

Le Roy.

Or regardez Machir, combien a profité
De vostre frere Aber la dure fermeté:
Fuyez vn tel danger, & perilleux naufrage,
Par la faute d'autruy on doit deuenir sage.
Et quel mal trouuez-vous aux sacrifices tels
Que ie veux estre faits sur nos fumeux autels?

Machir.

Comme nous sommes tous, ô cruel aduersaire,
Les naturels enfans d'vn pere & d'vne mere,
Ainsi pareillement, que nous auons tous sept
Esté dans le berceau nourris d'vn mesme laict:
Aussi sommes nous tous, de la bonté diuine
Amateurs, & suyuons vne mesme doctrine:
Ainsi nous voulons tous, & d'vn consentement
Esprouuer coup sur coup l'effet de ton tourment.
Tu te trompes, ô Roy, de penser de la sorte
Forcer ma conscience auecques ta main forte:
Par ainsi ne perds temps: car ie suis pour patir
Et non pas pour respondre, ou pour me repentir
Iamais, iamais mon cœur ne sera idolatre.

Le Roy.

Comment, vous faites donc le fol opiniastre?
Qu'on dresse promptement cet instrument nouueau,
Le tourment qui est fait en forme de rondeau.

Le premier soldat.

Sire, le voila prest, que vous plaist-il qu'on face?

Le Roy.

Ie rabaisseray bien maintenant son audace.
Attachez luy soldats, & ses mains & ses bras
Auecques ses deux pieds en tirant contre bas,
Puis que son ventre soit, & sans misericorde,

C

Serré par plusieurs tours d'vne bien grosse corde:
Estant en cèt estat son corps haut eleué
Vous verrez l'instrument brauement esprouué.

Ils le mettent aux tourmens.
Le deuxiéme soldat.

Or sus donc compagnons trauaillons, le temps presse.

Sosander.

De l'espine du dos la iointure se laisse
Separer de son lieu, ô furieux tourment,
Les iambes & les bras s'arrachent mesinement.

Le troisiéme soldat.

Il n'a partie au corps qui ne soit ià distraite.

Le Roy.

Sus, ostez-luy la peau promptement de la teste,
Et luy coupez après & les mains & les pieds,
I'enrage de le voir, pour mal que luy faciez
Endurer, toutesfois il semble qu'il se ioue.
Cela fait, liez le dessus cest' autre roué
Et puis le laissez là mourir tout à loisir.

Le quatriéme soldat.

Compagnons, i'ay au cœur vn fascheux desplaisir
De voir ce patient souffrir tant de misere.

Le premier.

Tout cela n'y fait rien, cependant il faut faire
En despit qu'en ayons, tout ce qu'il plaist au Roy.

Machir.

Tyran, nous endurons tout ceci pour la foy,
Mais toy, qui es autheur de nostre grief martyre
Tu auras quelquefois vn tourment beaucoup pire.
O bon pere Abraham, auance vn peu ta main
Afin de me tirer s'il te plaist en ton sein.

Le Roy.

Il faut couper sa langue, & pour peine derniere

Qu'on le iette aussi tost dans l'ardante chaudiere.

Solomone.

O Dieu qui as tousiours esté nostre suport
Donne à mes autres fils, vn courage aussi fort.

Sosander.

Iudas, soyez plus sage, implorez la clemence
Du Roy, qui est fort prompt a pardonner l'offence
Quelque grande qu'ell' soit, lors qu'il en est requis
Vous aurez son amour, en gardant ses Edits.
La victoire qu'on peut acquerir sans carnage
Tousiours à Iupiter grand dieu plaist dauantage.

Iudas.

Là, là, vous perdez temps miserables bourreaux,
Tout ainsi que vos feux, vos roes & couteaux,
Vos captieux propos & sanglante menace
Ne me pourra priuer de la benigne face
Du Seigneur tout-puissant, qui m'a pris à merci.
Iamais vous ne pourrez me separer aussi
De la sainte vnion de mes bien aimez freres.
Ie ne fais point d'estat de vos feintes prieres,
Continuez vos coups, si tost que vous pourrez
Car le soleil se baisse, alors vous me verrez
Plus ioyeux au tourment, que vous n'auez d'enuie
De me persecuter, & d'arracher ma vie.

Le Roy.

Que maudit soit le iour que ie fus curieux
De faire aprehender ces obstinez Hebrieux:
Ils me font enrager: à cetuy qui blapheme
Qu'on luy coupe la langue, & puis ie veux moy-
        mesme
L'atacher au poteau: car vous estes lassez.
Quand il aura les bras derriere renuersez,
Vous luy verrez les os de sa poitrine tendre
Tournez en droite pointe, & tous les nerfs s'estendre

Aidez-moy compagnons.
Le Roy l'attache luy mesme en la
façon qu'il est dit.
Le deuxiéme.
Qu'il souffre de douleur!
Quelle pitié d'estre tant obstiné en son cœur.

Le Roy.
Tost, tost que sur la roë à ceste heure on le iette
Ie voy bien qu'il se meurt.

Les mains iointes il rend l'esprit,
le mettant sur la roë.

Le troisiéme.
Frere, prens par la teste
Et moy d'autre cesté, ie prendray par icy.
Solomone.
Sois aux autres, Seigneur, pitoyable à merci
Quoy qu'ils soyent fort tendrets, donè leur le courage
De mespriser l'effort du tyran & la rage.

Se presente luy mesme au tourment.
Achar.
O Roy abominable, ô tyran oppresseur
Ie me presente à toy, d'vn inuincible cœur
Pour estre tourmenté auant que lon me touche,
Ie n'attens point cruel, que tu ouure la bouche
Pour me le commander: le pur sang respandu
De ces quatre innocens iustement t'a rendu
Odieux enuers Dieu, & du tout condamnable
A l'eternelle gehenne & peine perdurable.
Ie feray le cinquiéme, afin que par le fer
Tant plus en meurtriras plus grand soit ton Enfer
Respons, beste sauuage, entre les plus cruelles,

Quel mal auons-nous fait : pourquoy tu nous bour-
    relles?
Tu dis qu'on meritons & le glaiue & le feu
Pour ce que nous faisons sacrifice au vray Dieu:
C'est la mesme raison, laquelle nous inuite
A mourir constamment & ne prendre la fuite.

Le Roy.

Sus, qu'il soit empoigné & mis dans ce vaisseau
Auecque presse à vis, son corps en vn monceau
Soit ramené en bas faisant toucher sa teste
Par force à ses genoux: puis apres qu'on le mette
Dans les autres tourmens : car ie veux qu'il n'ait
    moins
De peine & de douleur que ses freres germains.

Achar.

O tyran, vois tu pas que plus tu te dépites
Et plus mes peines sont legeres & petites:
Que ce m'est plus grand ioye & consolation
Quand tu fais redoubler ma dure passion.

Il rend l'esprit.

Ie te rens mon esprit, ô Seigneur debonnaire,
S'il te plaist mettre fin à ma triste misere.

Le Roy.

Or sus, dites Areth, lequel vous aimez mieux
Ou bien d'estre puni comme vn seditieux,
Ou receuoir l'honneur qui vous soit profitable?

Areth.

Quoy que ie sois plus ieune, ô tyran execrable
Que ceux que tu as fait mourir cruellement,
Mon esprit toutesfois resemble entierement
A leurs heureux esprits, & faut que ie patisse
En mon corps ainsi qu'eux, pour la sainte iustice
Et gloire du Seigneur, car nous auons esté

Enseignez tous ensemble aux loix de verité.
Commande à tes bourreaux, impiteux & terribles,
Qu'ils appliquent sur moy tes tourmens si horribles
Et le temps que tu veux employer a prescher
Soit employé plutost a combatre ma chair.

Le Roy.

C'est donc de pis en pis, maudite soit la race
Que ie ne puis gaigner par douceur ou menace,
Qu'il soit la teste en bas lié à ce poteau.
Pour mieux luy éteurdir son éuenté cerueau,
Par descente d'humeurs froides & aquatiques.

Ils l'attachent en vn posteau la teste en bas.

Le premier.

Qui voudroit bien purger des fluxions Bacchiques,
En voila le moyen.

Le Roy.

Allumez vn beau feu,
Vis à vis pour le cuire & rotir peu à peu
Ainsi sa peau, ses nerfs, s'étendront, & sa rage
En languissant toustours, accroitra dauantage.

On allume le feu vis à vis de luy.

Le deuxiéme.

Vrayement, vous voila bien copere, chauffez-vous
A vostre aise, & passez ainsi vostre courroux.

Areth.

O genereux combat, ô constante bataille,
O guerre sainte & bonne, ô timide canaille
Vous estes beaucoup plus espouuentez que moy:
Regardez, les vaillans champions de la foy,
De leur martyre tel, la fameuse couronne
Est la punition que l'Eternel leur donne.

Perpetuellement: ô Roy, qui as esté
Le premier inuenteur de ceste cruauté,
Il ne faut que nous six, par diuine vengeance,
Pour étaindre ton sceptre & royale puissance:
Ton feu, certes est froid, il n'a point de chaleur
Et nos corps sont plus forts que ta rage & fureur.

Le Roy.

Percez-luy les costez d'alesnes bien picquantes,
Et pour son grand blapheme & paroles mordantes,
Soldats coupez sa langue & que son corps tremblât
Soit aussi tost ietté dans ce cuueau bouillant.

Le troisiéme.

Par Iupin, qui a fait & le ciel & la nue,
Ie suis tant trauaillé que ma force est perdue.

Ils le tourmentent de la façon predite.
Il rend l'esprit.

Le quatriéme.

Or sus, sus hastons-nous, car le iour clair & beau
S'en va ceder le lieu au decroissans flambeau.

Solomone.

O mere bien heureuse, & tant bien fortunee
Qu'il ne me reste plus de toute ma lignee
Que Iacob mon mignon, qui n'ait de ce faux Roy
Esprouué les tourmens, pour accomplir la Loy.
Combien qu'il soit encor, ô mon Dieu, ieune d'aage
Donne luy, s'il te plaist, vn resistant courage.

Le Roy.

Venez çà, mon enfant, i'ay grand pitié de vous
Vous estes pour le seur Iacob, celuy de tous
Que i'ay le mieux aimé, si vous auez enuie
De sauuer vostre honneur & sauuer vostre vie
Asseurez-vous de moy: car ie vous pouruoirray

Aux eſtats de ma court le mieux que ie pourray
Si vous voulez fuir, ces tourmens & ſes peines
Vous ſerez le premier de tous mes capitaines;
Si toſt que vous ſerez d'aage de commander,
Mon fils, vous deuez bien ſagement regarder
Par l'exemple d'autruy ce que vous deuez faire;
Au moins ie ne ſuis pas ſi cruel aduerſaire
Comme lon penſeroit: puis que i'aime à mon tour
Cil qui me veut aimer, d'vn reciproque amour.
Dame, écoutez vn peu: l'animal plus farouche
A ſoin de conſeruer l'aimé fruit de ſa couche:
Vous qui deuez auoir par plus forte raiſon
L'honneur de vos enfans & de voſtre maiſon
Touſiours deuant vos yeux, eſtes vous ſi barbare
Souffrir qu'vne nobleſſe & famille tant rare
Soit ainſi ruinee? au moins penſez de moy
Que ie fais enuers vous office de bon Roy,
Et ne tiendra qu'à vous que Iacob, lequel i'aime
Ne ſoit mis en honneur auſſi bien que vous meſme.
Dame, conſeillez iuy d'euiter le tourment
Et deuiſez enſemble en ſecret hardiment.

Solomone.

Mon fils, regarde bien à ce qui ſe preſente,
Contemple la vertu de ta mere dolente
Et ſon ventre fecond, qui t'a neuf mois porté
Et par trois ans entiers doucement allaité,
Qui t'a touſiours nourri, en la foy de l'Egliſe
Et enſeigné les loix du precepteur Moyſe,
Regarde bien mon fils & la terre & les cieux,
Contemple ce qui eſt contenu en iceux,
Regarde la clarté des étoilles courantes,
Et de ces deux flambeaux les faces reluiſantes,
Sçachez que l'Eternel par vn diuin moyen
Toutes ces choſes là voulut faire de rien

Mesmes le genre humain, qui est le plus bel œuure
Et le plus precieux que nature de scœuure,
Ne crains point vn tyran, qui est vsurpateur
De nostre sainte terre, ains sois imitateur
De tes freres qui tous nous ont monstré la voye
De iouyr bien heureux d'vne eternelle ioye.

Iacob.

Tout se portera bien, soldats desliez moy
Car ie veux en secret aller parler au Roy.

Le troisiéme.

Vous faites bien Iacob, sa maiesté desire
Que vous n'enduriez point vn si cruel martyre,
Vous voila deslié, allez parler à luy.

Au lieu d'aller parler au Roy, il va vers
la chaudiere bouillante.

Iacob.

O Roy, le plus méchant qui soit pour le iour d'huy
Regnant par l'vniuers, tyran insuportable,
Vn Prince doit il estre ainsi abominable?
Qui t'a vestu de pourpre, & mis dessous ta main
Vn si puissant Royaume? ô barbare inhumain,
Qui t'a fait grand? sinon celuy, auquel tu donnes
La persecution en nos propres personnes!
Penses tu point mourir, toy qui es si cruel
Enuers les Palestins & peuple d'Israel?
Quoy que tu sois pourueu de royalle puissance,
Penserois-tu plustost emporter la balance
Si nous estions poisez, chacun de son costé?
Exerce si tu veux sur moy ta cruauté
Voila mon pasle corps, lequel ie te presente
Pour estre mis dedans ceste chaudiere ardente,
Si tu as inuenté quelque plus grief tourment
Qu'il soit par tes bourreaux dressé bien promptemēt

C v

Car sur tout ie desire aller apres mes freres,
Et souffrir ainsi qu'eux des douleurs tresameres.

Le Roy.

O serpent infernal, qui attires mon cœur
Au but d'vne enragee & tigrine fureur,
O traistre soin rongeard & glouton qui deuores
Tous mes sens corporels & mon esprit encores,
Auance promptement tout ce qui peut rester
Sans me laisser long temps languissant contrister.
Auance hardiment le comble de mes peines
Puis qu'ainsi ie cognois mes esperances vaines.
Seray-ie coup sur coup vaincu deuant mes yeux,
Et braué tant de fois par ces mutins Hebrieux?
Sus, qu'on luy mette au nez des senteurs fort puantes,
Et qu'on le couche apres dans des presses tournantes,
Estant le ventre en haut de son long estendu.

Ils le mettent ainsi.

Le troisiéme soldat.

Malheureux, si au Roy tu te fusses rendu
Tu ne serois frapé d'vne telle tempeste.

Solomone.

Courage mon enfant, ie vous tiendray la teste
Afin de soulager vn peu vostre tourment.

Elle le baise, & luy soustient
la teste au tourment.

Que ie vous baise encor vne fois seullement
Car c'est le dernier bien que ie vous pense faire.

Le Roy.

Faites moy retirer ceste facheuse mere
Et soudain luy coupez les iambes & les bras.

Iacob.

Ie te prie mon Dieu, de n'abandonner pas
Au milieu des tourmens, les femmes ny les hommes
Qui seront affligez, ainsi comme nous sommes.
Mon ame tost s'en va auec mes saints ayeux.

Il rend l'esprit.

Reçoy-la, s'il te plaist, au nombre des eleus.

Le Roy.

Compagnons, on perdroit sa peine & sa parole
De penser amollir le cœur de cette sole.
Sus, sus, despouillez-la, que ses poins soyent liez
Bien tost, & qu'vn chacun ait les bras desployez
Pour decouper menu ses mammelles pendantes
Qui ont nourry l'effet de mes peines cuisantes.

Sosander.

Hastez vous, vous voyez que le soleil nous fuit
Pour ceder à la froide & tenebreuse nuict.

Le quatriéme.

Mettons bas le pourpoint.

Ils la fouëttent.

Le premier soldat.

Or sus, sus, damoyselle,
Il faut vn peu grater vostre fraische mammelle.

Le deuxiéme soldat.

Vrayment ie n'en peux plus, compagnons arrestez,
Suffist-il pas d'auoir deschiré ses costez?

Le troisiéme soldat.

Au diable soyent les Iuifs, leurs loix & leurs dis-
putes.

Solomone.

O Roy ambitieux, ceux que tu persecutes
Valent bien mieux que toy, que ne t'informois tu

Le premier comme i'ay par cy deuant vescu?
I'ay gardé chasteté virginalle, & en l'aage
Qu'on me permist, ie pris en loyal mariage
Vn Gentilhomme autant accomply en sçauoir
Et autant vertueux que l'on en pourroit voir.
I'ay produit des enfans, quoy que tu peusses dire
Qui ne meritoyent point vn si cruel martyre.
Regretter toutesfois ie ne veux, ny les doy
Puis qu'ils sont ainsi morts constamment pour la foy :
Tyran ie ne crains point que iamais il se treuue
Que i'aye mesmement commis faute estant vesue.
Combien que mon mary, las ! se fust absenté
Ie luy ay neantmoins gardé fidelité,
Qui te fait donc ainsi destruire ma lignee?
Rien sinon que ta dure & triste destinee
Qui t'apelle aux enfers, pour estre à tousiours mais
Puni cruellement pour les maux que tu fais.

Le Roy.

Ostez la promptement ell' m'est trop desplaisante
Et la iettez dedans la chaudiere bouillante.

Solomone.

O mort douce & plaisante, ô tourmēt bienheureux
Qui guide mon esprit seurement dans les cieux,
Dieu tout puissant & bon, tant que se peut estendre
Ma clameur, ie te veux graces de bon cœur rendre
De nous auoir donné vn courage assez fort
Pour supporter les coups & violent effort
Du superbe tyran, qui par son arrogance
Pensoit vaincre mes fils & leur adolescence,
Mais il estoit trop foible, ô pere souuerain,
Puis que tu auois pris leur bon droit en ta main.

Le quatriéme soldat.

Va prescher si tu veux dedans cette chaudiere.

En rendant l'esprit, il tombe des foudres du ciel qui troubla fort
Anthiocus.

Solomone.

Reçoy doncques mon ame, ô Seigneur debonnaire.

Antiochus.

O Cretois rauiſſant, penſes-tu m'eſtonner
Pour voir deſſus ma teſte horriblement tonner?
Pour auoir maintenant, par vn grãd coup de foudre
Mis vne portion de mon palais en poudre?
Es-tu tant abuſé que de fauoriſer
Celuy qui t'a voulu fierement meſpriſer?
Aurois-tu bien le cœur de porter la querelle
Du peuple circoncis hipocrite & rebelle?
Ie t'en deſpite au fort, car quand tu le voudrois
Ingrat Dieu que tu es, faire ne le pourrois.
Ie ſuis aſſez pourueu de force & de puiſſance
Pour retrancher du tout ta ſuperbe arrogance:
Ie ſuis beaucoup plus fort que le ferme rocher
Qui ne craint vent ny vague au milieu de la mer;
Ie deſpite les cieux, ie deſpite la terre
Qui voudroyent s'émouuoir pour me faire la guerre.
Penſes-tu Iupiter eſtre plus grand que moy?
Suis-ie pas fils de Roy & plus grand Roy que toy?
Quel profit auras-tu, quel honneur, quelle gloire
Que ce peuple mutin emporte la victoire?
Ie ſuffiſoit-il pas, d'auoir à ces Hebrieux
Permis de me brauer ainſi deuant tes yeux?
Et me faire ſouffrir, mille & mille moleſtes
Sans m'ennuoyer encor tes foudres & tempeſtes?
Eſt-ce là le guerdon, de t'auoir tant aimé
Et touſiours le grand dieu en mon cœur eſtimé?

Garde le ciel voûté, les flambeaux & la nue
Ie ne veux plus de toy, car la paille est rompue
Entre nous pour le seur, ie desire bien mieux
Commander aux enfers qu'estre second aux cieux:
Vn iour aux lieux profonds, ie feray bien paroistre
A Pluton, où ie suis que ie veux estre maistre.

Furie.

Prince Saturnien & monarque infernal
Qui commande paisible au manoir Auernal,
Pourquoy sont les esprits noirs & diaboliques
Reserrez, sans rien faire aux lieux Acherontiques?
Vois-tu pas que ie perds, à faute de secours
Dont il me desplaist fort, des ames tous les iours?
Ne vois-tu pas aussi, combien nous est contraire
La mort d'Eleazar, les sept fils & la mere?
Que s'ils auoyent esté de leur Dieu diuertis
Cela eut esbranlé la foy de tous les Iuifs.
Seule suis demeuree a faire la poursuite
Car les autres auoyent aux enfers pris la fuite:
C'est pourquoy les tourmens que i'aueis mis en main
De ce superbe Roy & tyran inhumain,
Ne m'eut de rien serui, & que mes entreprises
Ont redoublé l'honneur des ames circoncises.
Mais, Or que Stygien, combien que tu sois Roy
De tout temps, vois-tu point que l'on s'attaque à toy,
Que ce fol enragé, ce grand foudre de guerre,
Ne se contente point de commander en terre,
Et qu'il veut entreprendre encor apres sa mort
Aux palais tenebreux demeurer le plus fort?
Ie l'ay si bien dressé & mis l'orgueil en teste,
Qu'il ne craint plus ny dieu, ny foudre, ny tempeste,

Et presume en son cœur, qu'il n'y ait auiourd'huy
Aux cieux & aux enfers vn plus grãd Roy que luy.
Quand il aura senti, les efforts de la Parque
Et traversé le Styx dans l'infernalle barque,
Quoy que son cœur soit mis dans vn riche cercueil,
Son ame esprouuera le fruit de son orgueil.

Fin de la Machabee
Tragedie.

ORAISON.

Eigneur, écrase moy d'vn esclat de
    tonnerre,
Fais engloutir mon corps dans le
    sein de la terre,
Ie t'ay trop offencé pour estre par-
    donné,
Ie t'ay tousiours mesfait depuis que ie suis né.
Seigneur fay moy mourir prononce ta sentence,
Afin que par ma mort i'en face penitence.
Ie veux, ie veux mourir i'ay trop vescu long temps
Pour n'auoir iamais fait que mille actes mes-hans
Non ie deurois mourir, ma faute irreparable
Par tout là où ie vay me fait trouuer coulpable.
Las! quand il me souuient des maux que i'ay commis,
Ie sens d'estonnement tous mes sens endormis,
Vne sueur me prend aussi froide que glace,
Qui petit à petit me va mouillant la face,
Vne peur, vne crainte, vn battement de cœur,
Si fort il me desplaist de t'offencer Seigneur.
O bon Dieu punis moy, hé! que me sert de viure
Si tes commandemens ie ne puis pas ensuyure?
Si de mon naturel i'estime beaucoup mieux,
Te desobeissant obeir à mes yeux,
Suyuant aueuglement la vanité mondaine
Que tenir le chemin de la vie certaine,
Mon Dieu chastie moy, quand i'y pense à part moy
Le poil dessus mon chef s'herisse tout d'effroy.

Les larmes de mes yeux coulent en abondance,
Mon cœur va souspirant espris de repentance.
Ie ne sçay que penser & plus ie vay auant,
Ma douleur renouuelle & me va poursuyuant,
Helas! fais moy mourir si ie demeure en vie:
Ie t'offence souuent contre ma volonté,
Seigneur pardonne moy par ta grande bonté.
Fais moy sortir d'ici, & permets que ie meure,
Pour n'estre plus suiet a faillir à toute heure.

Autre Oraison.

O Dieu de ma iustice! escoute ie te prie,
  Escoute ma parole & alors que ie crie,
Aye pitié de môy, ne sois sourd à mes cris,
Fais que sans fin ton nom se lise en mes escrits,
Fais que tousiours mon cœur puisse fuir le vice,
Et que ie n'aime rien qu'à te faire seruice.
Helas! ie cognois bien que sans toy ie ne suis,
Qu'vn vent, vne fumee, vn corps rempli d'ennuis.
Helas! ie cognois bien que sans ta sainte grace
Mon ame ne pourra dans le ciel trouuer place.
Helas! ie sçay fort bien que sans toy mes deux yeux
Ne iouyront iamais de la clarté des cieux.
Hà! ie ne doute point que de ta main diuine,
Tu n'ayes seul basti ceste grande machine,
Escoute ma parole, & fais qu'à l'aduenir
Ie me puisse tousiours de ton Nom souuenir,
Ne me chastie point en ta iuste colere,
Ne me chastie point, ne me sois point seuere,
Aprens moy Seigneur Dieu qu'est ce que mô deuoir,
Afin que ie ne viue ici bas sans sçauoir,
Monstre moy tout-puissant comme il faut que ie croye

Fais destourner mes pas de la meschante voye,
Mes sens sont estonnez, & mes yeux pleins de peur
Se ferment pour ne voir l'ennemi de mon cœur.
Exauce donc ma voix & chasse le nuage,
Qui m'offusque la veuë & trouble mon courage.

S T A N C E S.

AV murmure des eaux ie rehausse mes plain-
tes,
Mes horribles pechez me donnent mille craintes,
Par tout là où ie vais, ie vois paints mes trauaux,
O Seigneur tout puissant, tout humain & tout
digne,
Punis mon demerite aussi ie ne suis digne
De viure apres auoir fait tant & tant de maux.

Si tu me laisse viure encore dauantage,
Le vice a tellement asserui mon courage,
Que plus ie vais auant, plus ie vais t'offençant:
O Roy des plus grands Rois accorde ma requeste,
De ton foudre vengeur escarbouille ma teste,
Et fais que des hauts cieux i'aille vn iour iouyss-
sant.

Las! auecque quels yeux pourray-ie voir ta face,
Ie n'ay iamais rien fait qui merite ta grace,
Depuis que ie suis né ie peche incessamment.
Pardonne moy grand Dieu, rends ton ire adoucie,
Helas! si ta pitié de moy ne se soucie,
Que fera mon esprit au iour du iugement?

Quand il me ressouuient de ma faute commise,
Ie demeure tremblant, & si fort en chemise,
Que ie n'ay pas dequoy seulement me couurir,
Au lieu d'auoir chanté tes diuines louanges,
I'ay tant fait & refait de ieunesses estranges,

Que ie ne ſçay comment tu les voudras ouyr.
  O Pere des humains eſcoute ma priere,
Eſclaire mõ eſprit de ta ſainte lumiere,
Ne me laiſſe plonger dans la mer des malheurs,
De tõ ſaint Paradis donne moy iouyſſance,
Et fais,ô Redempteur,par ta ſainte clemence
Que ie bruſle ſans fin de tes ſaintes chaleurs.

ELEGIE.

Ainſi parla Filandre alors que la mort fiere
Ferma cruellement de ſes yeux la paupiere,
Que ie te ſuis tenu,ô mon bien-heureux ſort,
Tu me fais ores viure en me donnant la mort,
Depuis que ie ſuis né i'ay touſiours veu ma vie
A cent mille malheurs fierement aſſeruie.
I'eſtois pour tout le monde aucun n'eſtoit pour moy,
Ceux qui ſe diſoyent miens me manquoyent tous
    de foy,
L'aimois ſans eſtre aimé & touſiours ma miſere
Eſclairoit tout ainſi que le Soleil eſclaire:
Mais,or ie ſuis heureux & de tout mon bon heur
Ie ne puis qu'à toy ſeul attribuer l'honneur.
O bien-heureuſe mort que i'aime & que i'embraſſe,
O bien-heureuſe mort que tu me fais de grace,
En enterrant mon corps tu enterre mon dueil,
Le corps ne patit plus quand il eſt au cercueil,
Que maintenant de moy tout plaiſir ſe retire,
Qu'aucun de mes amis ne me vienne plus dire,
Cela ne ſera rien,ce me ſera trop d heur
De voir par mon treſpas finir tout mon malheur:
Auſſi ne vis-ie pas:car i'ay tant de triſteſſe,
Que ma vie eſt ma mort,& ma mort ma lieſſe,
Sus donc derniers ſouſpirs deſlogez de mon corps,

Sus donc c'est à ce coup qu'il faut sortir dehors.
Mes yeux vous ne serez desormais pleins de larmes
Mon cœur tu n'auras plus desormais tant d'alarmes,
Et toy cruel amour tu perdras ton seiour,
Et moy ie seray franc de tes feux nuict & iour,
Si bien que ma douleur en viuant obstinee,
Se verra malgré soy par ma mort terminee,
O bien-heureux esprits qui reposez aux cieux
Qui de ce monde vain n'estes plus soucieux,
Qui estes tous repeus de la grace diuine,
Ores que mon esprit vers le ciel s'achemine.
Helas! ie vous suppli seruez luy de suport,
Ie ne dis pas ceci pour crainte de la mort,
Ie suis trop resolu au malheur qui m'arreste,
Depuis que Dieu le veut sa volonté soit faite.
Ie sçay bien qu'à la fin il nous faut tous mourir,
Et puis ie meurs d'vn mal dont ie ne puis guarir.
Ie n'ay point de regret aux vanitez du monde,
Ie n'ay iamais basti ma fortune sur l'onde.
Tout le regret que i'ay c'est que i'ay tant failli,
Que ie suis maintenant de tous maux assailli,
O bien heureuse mort deliure moy de peine,
Et ne sois moins à moy qu'aux autres inhumaine,
Ne sois sourde à mes cris, oste moy de langueur.
Ie ne veux rien de toy que ta fiere rigueur,
Ne me refuse point vne chose commune,
Si tu sçauois combien ta langueur m'importune,
Pour me faire plaisir tu voudrois t'auancer,
Les vns desirent viure & ie veux trespasser,
Ainsi ma fortune est aux autres inegale.
O bien-heureuse mort montre toy liberale,
Fais qu'à ce coup ici ie puisse dire adieu
A ceux qui apres moy resteront en ce lieu.
Fuyez loin de mes yeux tout suiet de liesse,

Qu'on me parle de Dieu, çà que ie me confesse,
Il est temps maintenant où ne sera iamais,
Adieu tous mes plaisirs, adieu doncq' desormais,
Adieu Muses, adieu le support de mes peines:
Adieu iardins, ruisseaux, forests, prez, & fontaines
Ie pers vostre memoire, & ne pense sinon
A demander à Dieu de mes fautes pardon.
O Seigneur tout puissant iette ie te supplie
Tes yeux pleins de bonté sur ma meschante vie.
Envoye ton secours prompt pour me secourir,
Autrement miserable il me faudra mourir.
Helas! c'est à ce coup qu'il me faut rendre conte,
Des pechez vicieux dont ie rougis de honte.
Ne me vueille selon mes pechez condamner,
Ains vueille moy, Seigneur, doucement pardonner.
Ha! i'ay tant mal vescu, que plus mon cœur y pense,
Ie pers de ta bonté follement esperance.
O Seigneur tout humain oste moy cet effroy,
Tu es ie le sçay bien, mon Dieu, mon tout, mon Roy.
Tout mouuant, tout diuin, qui peux sauuer mon
     ame,
Ores que plein de pleurs mourant ie te reclame.
Pardonne moy, Seigneur & fais voir à mes yeux
Soudain apres ma mort les merueilles des cieux.

O R A I S O N.

Seigneur, misericorde hé! pourquoy suis-ie né,
   Pour estre à tant de maux nuict & iour de-
     stiné?
Depuis qu'il faut mourir, hé! que ne vient mon
     heure?
De tous les doux plaisirs que ie souloys auoir,

Des faueurs qu'en amour ie ſouloïs receuoir,
Rien que le repentir ores ne m'en demeure.

   Seigneur, tu as raiſon de te plaindre de moy,
Et i'ay raiſon auſſi de me plaindre de toy,
Ie ſuis abandonné dans le lict mortuaire.

   Ie t'appelle à mon aide, & tu me fais le ſourd,
Ie ſuis la vraye butte où tout malheur accourt,
Doncques ſi ie me plains, ne le dois-ie pas faire?

   Mais non pardonne moy! ô Dieu plein de quité,
Ie n'ay pas tant de mal que i'en ay merité,
La douleur que ie ſens n'eſgale mon offence.

   Mais ma force eſt petite & ie ſouffre ſi fort,
Que i'entre en deſeſpoir donne moy doncq' la mort,
Ou d'endurer mon mal donne moy la puiſſance.

   O Seigneur, tout-puiſſant vueille moy ſecourir,
Ou bien s'il ne te plaiſt, fais moy bien toſt mourir,
Viuant i'ay tant d'ennuy & ſouffre tant de peine.

   Que ma vie eſt touſiours ſuyuie de cent morts,
Morts qui m'ont ià raui la ſubſtance du corps,
Corps qui ne tient du corps ſinon la forme vaine.

   O Dieu tu es tout bon prens de mon mal pitié,
Mon cœur pour trop ſouffrir ſe fend par la moitié,
I'ay perdu le parler & n'ay plus la puiſſance,

   Tant ie ſuis affoibli de pouuoir reſpirer:
Seigneur, fais que mon mal ie puiſſe ſouſpirer,
Afin que mes ſouſpirs teſmoignent ma ſouffrance.

   Quand ie penſe à part moy à ce que i'ay eſté,
Et me voyant reduit en telle extrémité,
Batu de mes douleurs ie maudis ma naiſſance.

   Ie m'efforce à chaſſer le malheur qui m'aſ-
     faut:
I'ay prou de volonté mais le pouuoir me faut,
La viene peut faire à la mort reſiſtance.

Seigneur, console moy en ceste affliction,
Donne moy quelque place en ton affection:
Oste moy du tombeau, redonne moy la vie.

Que ie n'espreuue plus tant de mauuaises nuicts,
Que ie sois franc de peine, ou bien si ie te nuis,
Fais que mon ame soit par les Anges rauie.

FIN.